LE DILEMME

©2021. EDICO
Édition : JDH Éditions

77600 Bussy-Saint-Georges. France
Imprimé par BoD – Books on Demand, Norderstedt, Allemagne

Réalisation graphique couverture : © Cynthia Skorupa

ISBN : 978-2-38127-134-7
Dépôt légal : mars 2021

Le Code de la propriété intellectuelle n'autorisant, aux termes de l'article L.122-5.2° et 3°a, d'une part, que les copies ou reproductions strictement réservées à l'usage privé du copiste et non destinées à une utilisation collective, et d'autre part, que les analyses et les courtes citations dans un but d'exemple et d'illustration, toute représentation ou reproduction intégrale ou partielle faite sans le consentement de l'auteur ou ses ayants droit ou ayants cause est illicite (art. L. 122-4).
Cette représentation ou reproduction, par quelque procédé que ce soit constituerait une contrefaçon sanctionnée par les articles L. 335-2 et suivants du Code de la propriété intellectuelle.

Gildas Thomas

Le dilemme

JDH Éditions
Nouvelles pages

Je vais vous raconter une histoire. Mon histoire. Simple, tragique et banale à la fois. Je suis convaincu qu'elle fera écho à ce que beaucoup de gens ont vécu ou ressenti en 2020, au printemps comme à l'automne, c'est-à-dire lors des deux pics épidémiques du COVID-19. J'ai besoin de la raconter, et je vous rassure tout de suite, la lecture de ces pages ne devrait occuper votre vie que lors de quelques trajets en métro ou en TER, ou accompagner deux ou trois salles d'attente chez le kiné ou dans un salon de coiffure qui s'étaient montrés trop optimistes sur le respect de leur timing au moment de prendre votre rendez-vous…

Mon père est mort. Non pas d'une crise cardiaque, comme la médecine semblait le lui prédire, ni d'un accident de voiture, comme sa conduite pouvait le laisser pronostiquer… Non, il a été coché « mort naturelle » sur son certificat de décès, et cette dite mort naturelle a été causée par le COVID-19. Un COVID-19 que quelqu'un est venu lui servir sur un plateau : moi.

La douleur

Il est minuit passé dans la nuit du 4 au 5 décembre. Le coup de téléphone, que j'attendais, a été plutôt laconique. Sans doute l'habitude, chez mon interlocuteur, qui permet de banaliser ce genre d'évènements et de constituer une carapace, ou tout du moins un bouclier, contre une émotivité dangereuse dans un tel cadre professionnel.

Voilà, c'est fini. Le cauchemar a duré un gros mois. Et tout doit maintenant aller très vite, car nous ne vivons pas une période dite «normale». Nous n'avons que quatre heures, ma mère et moi, pour aller le voir. Ensuite, il sera empaqueté dans une housse blanche hermétique. Définitivement. Un cas parmi d'autres. Drame devenu ordinaire dans un monde extraordinaire et déboussolé.

Groggy, vers 1 h du matin, je me retrouve avec un sac de linge sale et deux petits effets personnels qu'il avait emportés quatre semaines plus tôt, lors de son départ aux urgences. Je ne suis pas à la veille de les ouvrir…

Voilà ce qu'il reste de mon père ici, de son séjour dans cette dernière tranche de vie, qui s'apparente davantage à un cauchemar éveillé qu'à une tranche de vie.

Je n'ai pas voulu aller voir son corps et son visage de défunt. J'ai accompagné ma mère pour qu'elle le voie, selon ses vœux. Je ne veux pas garder cette dernière image, j'ai pu lui dire au revoir dans la journée et la soirée, cela me suffit. Nous avons eu la chance de pouvoir régulièrement lui rendre visite dans la dernière semaine. Point d'orgue d'un mois terrifiant que je ne souhaite à personne de vivre…

Voilà, c'est fini. Je ne me souviens pas avoir vécu d'évènement qui exprime le mieux le triptyque passé/présent/futur que celui-là. À la seconde où on m'apprend que c'est fini, c'est toute la vie d'avant qui se termine, et c'est toute la vie d'après qui commence. Jusqu'à cette annonce, je m'étais construit quelques habitudes, comme celle d'appeler l'hôpital à l'aube pour prendre des nouvelles de la nuit. Dans quelques heures, je ne le ferai pas. Et plus jamais.

Le passé, désormais gravé, marbré, figé, ne se prolonge plus dans le présent. Au-delà des considérations religieuses ou spirituelles dont je me sens très éloigné, je réalise aussitôt, et sans doute moins que je ne vais le réaliser dans les prochains jours, que mon père n'existe plus ! Il n'est plus là. Absent. Définitivement. Place au vide.

À tout âge, perdre son père est un évènement particulièrement traumatisant, mais le fil de nos existences place cela dans l'ordre des choses, de façon certaine et inéluctable. Tôt ou tard, cela arrive. Et chacun y fait face avec ses forces et ses faiblesses, ses émotions et ses casseroles. Et cela nous permet de nous construire encore davantage et d'aborder sous un autre angle notre propre mort ainsi que le rapport à nos enfants. Mais ça, c'est dans un monde dit « normal ». Or, le monde de 2020 n'est justement pas « normal ».

Je suis convaincu à cette heure que cela aurait pu être évité, que j'aurais pu l'éviter.

Je ne cesse de penser à lui, comme tout fils endeuillé sans doute, mais j'associe tous mes souvenirs au fait que cela n'aurait pas dû se produire. Je ne peux invoquer, vis-à-vis de cet évènement, aucune fatalité. Je me remémore certaines réflexions entendues lors de certains décès. « Il valait mieux qu'il ou elle parte… », « Elle était trop malade », ou bien « Les accidents sont toujours absurdes », ou encore « Il n'a pas été assez prudent »… Le hasard qui frappe aux portes de l'inéluctable a toujours la vertu de nous consoler et nous rassurer. Aucune branche similaire ne se présente à moi.

En ce début décembre, voilà près d'un mois que je vais quotidiennement utiliser mon autorisation de sortie pour aller me promener dans le petit bois à 500 m de la maison. Je m'y remémore certains évènements liés à mon père, j'entends sa voix, ses silences aussi, je ressens sa présence à mes côtés lorsqu'il nous arrivait d'aller marcher ensemble certaines matinées. D'autres images surgissent sans que je m'y attende, que je pensais complètement oubliées et enfouies à jamais. Des détails futiles et fugaces du quotidien. Des quotidiens. Des intonations, des sourires, des regards, sa démarche à laquelle je ne prêtais guère attention il y a encore six semaines, mais que je pourrais aujourd'hui identifier parmi des millions. Je revois aussi, jaillis de je ne sais où, avec une acuité surprenante, des instants partagés avec lui, qui, au moment où ils furent vécus, ne m'ont absolument pas marqué tant ils étaient banals, voire anodins, et qui me semblent appartenir désormais à des jours heureux pour lesquels je serais prêt à payer une fortune pour les revivre. Je me cogne parfois la tête contre les arbres, de rage, ou de colère, avant de fondre en larmes désespérées. Celles d'un homme de 25 ans, de 45 ans, d'un petit garçon de 4 ans ou d'un ado de 16 ans. Je suis tout cela à la fois, j'ai tous les âges. Et j'espère encore qu'il y ait un sursaut, que surgisse une étincelle qui rangera ce que nous vivons au rayon des mauvais souvenirs.

Je me remémore aussi avec une infinie tendresse ces matinées pendant lesquelles il m'imposait de devoir trouver à quelle heure un train parti de 14 h 12 de Clermont-Ferrand et roulant à la vitesse moyenne de 125 km/h allait croiser un train parti lui de Paris à 16 h 22 et roulant à 134 km/h… Exercice que je trouvais à l'époque complètement idiot. Je fais le point sur tout ce que je lui dois, sur ce que j'ai pu devenir grâce à lui, sur ce que j'ai pu lui dire et que je devrais encore lui dire la prochaine fois, sans que j'attende le moindre échange, puisqu'il peut à peine parler. Je repense aussi à nos différences et nos différends, béats, ouverts à jamais et sans doute incicatrisables. À nos conflits, irrésolus pour l'éternité. À ce moment-là, je ne pense pas encore à ses défauts. Cela viendra après. Un être humain est un tout, avec ses forces, ses faiblesses, ses incohérences et ses parts d'ombre. Et Dieu sait si, dans le cas de mon père, il y a de l'ombre... J'appréhende déjà avec angoisse la somme des regrets que je ressentirais si le pire survenait. Toutes ces choses que j'aurais voulu dire ou faire, mais qui, logées aux confins de la conscience et de l'inconscient, restent perpétuellement en proie à la procrastination et constituent le germe de frustrations éternelles.

Voilà des mois que nous naviguons avec ce virus encore inconnu il y a si peu. Voilà des mois que je navigue entre certitudes et doutes, les deuxièmes prenant de plus en plus le pas sur les premières. Les doutes, comme l'a si bien décrit Anne Sylvestre, disparue quatre jours avant mon père, d'une mort rapide, indolore et efficace. J'en serais presque à dire « quelle chance ! » en comparaison au calvaire vécu par mon père et toutes les victimes du COVID.

Toutes ces victimes, dont la plupart sont ce que l'on appelle des seniors. Mon père avait 79 ans. Il avait encore, assurément, quelques années devant lui. De toute façon, la douleur n'a pas d'âge. Je suis toujours perplexe face à certaines minimisations de la peine lorsque l'âge de nos défunts a atteint un stade canonique. Une attitude diamétralement opposée à la pensée africaine, pour laquelle la mort d'une personne âgée est toujours vécue de façon douloureuse, car son départ est synonyme de perte d'expérience pour la collectivité...

Mais, pour l'heure, je n'ai qu'une certitude : plus jamais je ne réfléchirai aux trains partis à telle heure de je ne sais où et devant croiser tel autre train parti d'ailleurs.

Par contre, je sais qu'il me reste désormais tout le reste de ma vie pour plancher sur la différence entre culpabilité et responsabilité...

Le fanfaron

Lorsque l'on entend parler pour la première fois de ce nouveau virus venu de Chine à la fin de l'automne 2019, je fais clairement partie des incrédules qui prennent cela à la légère et ne voient absolument pas venir le danger. Je m'en amuse, n'hésitant pas à écrire une parodie de chanson d'humour noir sur le sujet, disant que ce nouveau virus serait peut-être finalement un excellent remède contre la surpopulation...

Des milliers de morts en Chine, apprend-on. Mais il est dit aussi que dans la grande majorité des cas, il ne s'agit que d'une grippette.

En janvier/février 2020, lorsque le virus gagne l'Europe, je suis abasourdi par le branle-bas de combat croissant qui semble s'emparer des décisions de nos politiques. Les mesures prises pour endiguer l'épidémie, qui ne tarde pas à être promue au rang de pandémie, font sourire. Ainsi, on interdit les rassemblements de plus de 5 000 personnes. Comme lors de ce match du PSG, pour lequel des milliers de supporters se massent alors dans les bars, facilitant très certainement la circulation du virus.

Très vite, j'analyse la situation sous l'angle de la perte du discernement : les gouvernants de tous pays paniquent de façon inconsidérée. En d'autres termes, de mon point de vue, « il n'y a pas de quoi crier au loup ! »...

Est-ce alors du déni pur et simple ? Ou une vraie défiance vis-à-vis des politiques et des médias, fruit de défiances et de déceptions accumulées depuis tant d'années ? Sans aucun doute un mélange des deux. Je suis de la génération des gens ayant assisté avec consternation aux mensonges et manipulations liés à Tchernobyl, au sang contaminé, à la crise de la vache folle ou à l'amiante...

La situation s'envenime en mars et nous conduit au premier confinement, que je trouve finalement logique. S'il existe une réelle pandémie contre laquelle nous ne disposons ni de vaccin ni de médicament, alors la seule alternative pour nous protéger est bel et bien de nous isoler, nous confiner, limiter au strict minimum nos interactions sociales. Méthode utilisée et approuvée dès le Moyen Âge…

Et je vois là une nouvelle façon d'appréhender la crise : le XXe siècle nous avait habitués à la toute-puissance de la science, à la résolution par le génie humain de toutes les équations complexes et agressives de Dame Nature. Eh bien voilà, nous Occidentaux, surprotégés par notre toute-puissance scientifique et économique, nous nous retrouvions face à l'incertitude du lendemain, face à la peur de la mort, cette mort que notre culture s'attache à cacher et à isoler en même temps que la vieillesse qui la précède dans la majeure partie des cas. Nous allions donc vivre ce que nos ancêtres avaient vécu et ce que nos contemporains d'Afrique subsaharienne vivent au quotidien. En somme, un « juste » retour de boomerang.

Comme beaucoup de Français, je me fis donc une raison, tout en étant conscient de pouvoir jouir de conditions plus qu'agréables et privilégiées (sans enfant scolarisé, avec ma compagne, balcon et barbecue à 600 m de la Grande Bleue…), et je vécus un confinement plutôt sympathique, y voyant l'occasion de faire une réelle pause dans ma vie personnelle et d'être le témoin d'un véritable coup d'arrêt à notre monde consumériste et productiviste, avec les conclusions écologistes que ne manquerait pas d'en tirer l'humanité ! …

Un confinement d'autant plus agréable que j'appréciais à leur juste valeur les mesures gouvernementales en termes de chômage partiel.

Je fus, comme beaucoup, happé par les réseaux sociaux, très dubitatif devant la bipolarisation de tous les sujets. On ne pouvait être que Pro ou Anti-Raoult. On ne pouvait être que Pro ou Anti-Confinement, de même que l'on ne pouvait être que Pro ou Anti-Macron… Et quelques semaines plus tard, que Pro ou Anti-Masque. Je caricature à peine.

Cela me conforta dans l'idée que nous avions tous perdu le sens du discernement, politiques autant que simples citoyens.

Circulaient pléthores d'informations fantaisistes que l'on ne tarda pas à qualifier de complotistes, pendant que d'autres s'acharnaient à vouloir démontrer à coup de statistiques et tableaux Excel tous plus sérieux les uns que les autres la véracité d'une Science pour laquelle je ne suis pas certain qu'ils avaient les qualifications pour en comprendre tous les rouages.

Car cette crise était bien évidemment en premier lieu sanitaire, mais les moyens de lutte engendraient forcément des crises économiques et sociétales tout aussi néfastes à moyen et long terme. Et c'est cette double nécessité, à la fois sanitaire et économico-sociale, qui est bien la clé de voûte de cette année 2020 et de mon drame personnel…

Mon incrédulité face à la réelle dangerosité du COVID venait aussi du fait que je ne connaissais personne ni avais entendu personne, dans mon cercle de relations, avoir été le témoin de près ou de loin d'une quelconque victime. Et toutes les personnes que j'interrogeais à ce sujet disaient la même chose. Finalement, les gens en avaient peur parce qu'ils en avaient entendu parler dans les médias et non pas parce qu'ils étaient eux-mêmes touchés. Nous vivions l'antithèse de la grippe espagnole d'il y a un siècle. En clair, il « suffisait » d'éteindre la radio ou de stopper les stupidités récurrentes de BFMTV pour ne plus se sentir concerné. J'avais bien un ami qui avait perdu son père en Italie, mais j'attribuais surtout ce drame aux lacunes du système de santé transalpin.

Vint ensuite le temps du déconfinement en juin.

J'avoue que l'été fut source de franches rigolades. Le port du masque était devenu obligatoire… jusque dans le port de La Rochelle par grand vent, au moment d'aller aux toilettes dans les restos (!!), à bord d'un bateau-bus balayé par le mistral dans la rade de Toulon ou dans des rues quasi désertes, alors que dans le même temps, la fréquence des rames de métro parisien n'était pas décuplée afin de limiter le nombre de voyageurs !

Le masque ! J'avoue que s'il s'agit du modèle FFP2, chirurgical, en milieu fermé, son efficacité est évidente, mais si c'était pour s'affubler de chiffons ou autres slips recyclés comme c'était le cas, séjournant plusieurs heures dans des poches ou des sacs à main à l'hygiène aléatoire, cela me laissait plus que circonspect. Surtout, pour moi, ce masque présentait un fort caractère anxiogène. Par définition, nous devenions tous des menaces potentielles les uns pour les autres, et le non-respect de la règle ne pouvait que laisser libre cours à la tentation de la délation. En somme, « L'enfer, c'est les autres » de Sartre allait prendre corps sous nos yeux. Je trouvais cette atmosphère malsaine. L'obéissance civique prédominait finalement sur l'exigence sanitaire. Il suffisait de s'afficher avec un tissu sur le visage, quelles qu'en soient la provenance et la composition, afin de respecter les règles gouvernementales, pour être dans les clous. En extrapolant à peine, je partageais l'idée que si le pouvoir nous avait matraqué l'information qu'un virus mortel se baladait à 1m50 du sol, 70 % de la population aurait marché en canard sans sourciller… Et en extrapolant encore davantage, on en arrivait à l'aberration que nous allions finalement découvrir que vivre… tue ! …

En ajoutant à cela l'imbroglio gouvernemental à propos des masques et de l'incohérence de certains décrets, j'étais donc, durant tout l'été et l'automne, interloqué par tout ce « cirque », dont je ne cernais pas toute la pertinence. Quelles allaient être les conséquences sociétales, économiques et culturelles de ces mesures ? Quid des autistes, des dépressifs, des enfants qui voyaient leur année scolaire singulièrement écourtée, des activités sportives stoppées avec toutes les conséquences médicales et sociales que cela ne manquerait pas d'entraîner à moyen terme, des étudiants et des jeunes en général, privés de jobs d'été et d'une insouciance qui fait partie de la construction de la personnalité à cette période de la vie ? Comment faire des rencontres ? De façon générale, comment entretenir une réelle vie sociale ? Et je ne perdais surtout pas de vue qu'une vie économique qui s'écroule ne peut conduire inexorablement qu'à l'émergence de guerres, toute l'histoire de l'Humanité l'ayant jusqu'ici démontré. Et personnellement, je me disais bien préférer mourir d'une grippe que d'une rafale de kalachnikov.

Toutes ces mesures prises pour éradiquer une épidémie dont le taux de mortalité était de 0,06 % et celui de morbidité de 0,9 %. Il s'agissait avant tout, comme le clamait le gouvernement, d'éviter la saturation des services de santé et surtout des lits de réanimation.

Je faisais donc partie de ceux qui s'interrogeaient sur le bien-fondé de cette hystérie collective, tout en rejetant de façon catégorique toute théorie au moindre parfum complotiste.

Et d'autant plus interloqué qu'une de mes activités professionnelles est d'être chef de chœur... Très vite se posa alors la question de devoir chanter, ou non, avec un masque. De mon point de vue, cela est possible, dans le sens où on peut effectivement émettre des notes et des sons. Mais s'il s'agit d'exprimer des émotions et des sentiments, ma réponse est catégorique : c'est non.

Le regard ne suffit pas. La partie la plus musculairement riche et diversifiée de notre anatomie est notre visage. Outre les fameux zygomatiques, nous possédons quantité de petits muscles et tendons qui rendent nos expressions faciales à la fois uniques et universelles. Tous semblables, tous différents. Comme le nom d'une exposition mémorable au musée de l'Homme au début des années 2000 sur les lois de la génétique. Je considère toujours que, d'une certaine façon, le port du masque constitue une négation de cette particularité fondamentale de l'Humanité. Et surtout, chanter consiste essentiellement à raconter des histoires et véhiculer des émotions. Imposer le masque dans des activités d'expression, comme le théâtre d'ailleurs (excepté la commedia dell'arte, il va sans dire) relevait de mon point de vue du parfait oxymore. D'autant que cela ne concernait que les amateurs. Dans la même mesure, certaines chorales continuèrent leurs activités en… visio ! Avec la contrainte qu'en raison des latences sonores, les choristes ne s'entendent pas entre eux !!! Eh bien, dans ce cas, ce n'est tout simplement plus du chant collectif. Cela s'appelle, au mieux, un cours de chant individuel…

Je relate ces exemples, car ils sont pour moi hautement symboliques d'un des grands débats de cette crise : en quoi consiste l'adaptation et dans quelle mesure est-il obligatoire ou nécessaire de devoir s'adapter à tout prix ? L'être humain possède une grande capacité d'adaptation et de résilience. C'est là sa grande force. Mais c'est peut-être aussi un de ses talons d'Achille. Ne finit-on pas par s'habituer à tout, pour le meilleur, comme pour le pire ? Accepterait-on de voir les films de fiction tournés avec un masque ? Bien sûr que non. Cela serait ridicule. Que dire aussi de tous ces « concerts » donnés de façon virtuelle lors du premier confinement, avec des musiciens affalés sur leur canapé et exhibant leur bibliothèque ? Où est le sens même du spectacle dans de telles conditions, si ce n'est apporter un peu de baume à l'égo des artistes ? Il se disait alors que c'était mieux que rien… Je n'en suis pas si sûr. Pourquoi donc vouloir s'adapter à tout prix, se précipiter sur des alternatives sans réflexion sur d'éventuelles conséquences à moyen terme, quitte à perdre l'essence même de ce pour quoi on fait les choses, alors que la patience prévaudrait sans doute ? Il me rassure toutefois de constater que ces initiatives furent beaucoup moins nombreuses lors du deuxième confinement.

L'ironie du sort, si je puis dire, est que je fus contaminé parce que je ne portais pas le masque. Et pour cause. C'était sur une scène de théâtre, professionnellement, là où le port du masque est effectivement impossible. Aurais-je échappé à cette contamination si j'avais porté le masque à ce moment-là ? Impossible de le savoir. En tout état de cause, il y a un sens à interdire les spectacles pendant les pics épidémiques, afin de protéger, au-delà du public, les artistes eux-mêmes...

Outre l'incrédulité et la circonspection, mon attitude générale, je le reconnais, relevait de la fanfaronnade. À bien y réfléchir, il est aisé, voire pleutre, de fanfaronner face à un ennemi invisible, silencieux et inodore. La dose de courage est plus respectable lorsque l'on fanfaronne en haut du grand plongeoir. Tant que l'on n'est pas confronté de près ou de loin au virus, tant que la menace ne relève que d'un concept abstrait rabâché par les médias, alors la tentation peut être grande de tomber dans la facilité de la fanfaronnade, encouragée par les réseaux sociaux.

La conscience du danger

Fanfaronner à propos du COVID-19 n'implique pas du tout de ne pas avoir conscience du danger. L'être humain n'étant constitué que de paradoxes et de contradictions, je vivais cette dualité sans réel problème. Oui, j'étais sceptique vis-à-vis des choix politiques, considérant avant tout que notre monde perdait le sens du discernement, mais j'ai tout de suite intégré que, même peu fréquentes, les formes graves de la maladie étaient terribles.

J'ai entendu quelques témoignages de quadras ou quinquas qui s'en étaient sortis avec des séquelles peu enviables (neurologiques, respiratoires, cutanées...).

Je portais donc le masque, sans réelle conviction, mais de façon citoyenne. Je tenais compte des fameux gestes barrières. Mais surtout, dès que cela fut possible, je me montrai un grand partisan des tests. Certes, ils n'étaient pas fiables à 100 %, loin s'en faut, mais ils permettaient, de mon point de vue, de lutter efficacement contre la pandémie. Je ne comprenais d'ailleurs pas pourquoi ils n'étaient pas étendus, voire rendus obligatoires. En effet, si les gens se testaient régulièrement (trois fois par mois, par exemple) et que l'on isolait les personnes positives quelques jours, alors peut-être obtiendrait-on un ralentissement de la propagation du virus ? Pourquoi ne pas avoir imposé les tests pour tous les professionnels de la promiscuité (soignants, commerçants, kinés, coiffeurs, artistes, coaches sportifs, enseignants, étudiants...) ? J'étais d'autant plus favorable à cette stratégie qu'elle ne présentait pas de risque de dommage sociétal ou économique comme le port du masque ou les couvre-feux.

Ainsi, ce 20 octobre 2020, je me fais tester pour la 6e fois depuis fin juillet.

Ayant exercé mon activité de chef de chœur pendant l'été, dans laquelle je côtoyais clairement des personnes à risque, m'étant amusé à participer à un regroupement festif en août, ayant pu jouer au théâtre en juillet, ayant rendu visite à mes parents début septembre, je me suis systématiquement fait tester à chaque fois, avant ou après, ou parfois les deux…

Et je fus souvent surpris par l'insistance qu'il fallait que j'emploie auprès du laboratoire pour accéder au test, car je n'avais pas de symptôme…

Justement ! Je considérais et je considère toujours qu'il ne faut pas attendre les symptômes pour se faire tester, puisque nous avons affaire à une maladie dont une grande partie des patients sont asymptomatiques ! … Cela relève pour moi du simple bon sens.

Encore un élément d'incompréhension et un argument supplémentaire pour me dire que nous perdions la tête.

Le dilemme

En septembre, je réalise que mon agenda ne me laisse pas beaucoup de latitude pour revoir mes parents avant Noël. Tous mes week-ends sont cochés, et mes activités parisiennes ne m'offrent pas de possibilité de passer plus de deux nuits en Bretagne. Compliqué. Il n'y a qu'une seule fenêtre : pendant les vacances de la Toussaint, du 26 au 29 octobre. Je dois jouer professionnellement au théâtre à Paris du jeudi 22 au dimanche 25, puis du jeudi 29 au dimanche 1er novembre. J'ai donc, entre ces deux séries, trois jours idéaux pour aller faire une escapade iodée, en prenant le premier train du jeudi 29 pour revenir à Paris.

Bien évidemment, je me ferai tester le plus tard possible avant le 26. Le délai des résultats étant ce qu'il est, je ne pourrai pas me faire tester à Paris. Donc ce sera à Toulon, là où je suis en cette mi-octobre, et où les résultats sont rendus de façon bien plus rapide. Test le mardi 20, résultats le 21. Parfait.

À un bémol près tout de même. Et de taille. Être négatif le 21 octobre est une chose. Mais j'allais jouer au théâtre quatre dates, croiser du monde et avoir une vie sociale réelle entre le 22 et le 25.

J'étais dans le cas de figure maintes fois ressassé dans les médias et redouté :

Ne pas prendre de risque de contamination entre un résultat négatif et une visite à des personnes potentiellement fragiles. Un cas de figure inédit pour moi. Je le savais. D'autant qu'une de mes partenaires de jeu m'appelle le mercredi 21 pour me rappeler qu'elle a eu le COVID un mois plus tôt, mais que d'après son médecin, elle n'est plus contagieuse... Mais tout de même, il y a doute.

Je suis donc face à un dilemme.
Trois possibilités s'offrent à moi :
1. Ou je vais jouer du 22 au 25 et renonce, par précaution, à aller voir mes parents.
2. Ou je renonce à jouer du 22 au 25 (j'ai la possibilité de me faire remplacer), je ne vois personne, et je vais voir mes parents.
3. Ou je fais les deux. Jouer ET aller voir mes parents.

Cette question va me perturber toute la journée du mercredi 21. Mais la réponse ne tardera pas à venir.

Mon père vient de fêter ses 79 ans, et la petite fumée des 81 bougies de ma mère se dissipe encore dans la salle à manger. Je ne me vois pas rester trois mois sans les voir. Il arrive un âge où l'incertitude gagne du terrain... Ma mère est une malade chronique des bronches, ayant sans aucun doute avalé tout le Vidal depuis sa petite enfance, et mon père présente des fragilités cardiaques.

Ceci étant, j'ai toujours été un adepte du présent. Vivre le temps présent, à la seconde. Ici et maintenant. Ce qu'il est possible de faire un mardi, pourquoi le reporter au vendredi ? Surtout avec des personnes âgées, par définition en proie à des évènements médicaux ou accidentels subits et imprévus. Si je peux aller voir mes parents, alors je vais les voir. Même avec un risque réel que je me fasse contaminer après mon test. Mais si je renonce à y aller et que mon père succombe brutalement à une crise cardiaque trois semaines plus tard, je m'en voudrai à tout jamais de ne pas être venu quand je le pouvais... Sans envisager forcément un scénario aussi catastrophe, il n'était pas insensé de penser à une mauvaise chute ou un accident inopiné. Et je savais aussi, et depuis longtemps, que mes visites éclairaient un peu le quotidien de mes parents, alors qu'ils en avaient été privés tout le printemps...

Et je refusais également de renoncer à mes quatre dates de jeu, trop sevré que j'étais d'activités professionnelles et de vie sociale depuis des mois.

J'en étais à mon sixième test, tous soldés négatif avec « succès ». Cette impression de passer à chaque fois entre les gouttes, ajoutée à mon état d'esprit fanfaron, m'a conforté dans mon choix. Le n°3. J'allais donc exercer mon métier ET aller voir mes parents. Choisir, c'est renoncer. Et j'ai refusé de renoncer, comme j'aurais sans aucun doute dû le faire. Comme mon père, lui, l'aurait à coup sûr fait à ma place. Lui qui, fin août, avait renoncé à aller fêter les 90 ans de son frère aîné par peur de la transmission du virus.

Elle se situe donc au moment de cette prise de décision.

La faute.

Ma faute.

Car je le savais. Je ne peux absolument pas m'abriter derrière le paravent de l'ignorance. La recommandation circulait de façon tellement omniprésente qu'il était impossible de l'occulter. C'est en mon âme et conscience que j'ai décidé de ne renoncer à rien, de ne pas admettre l'insupportable choix entre exercer mon métier et rendre visite à mes proches.

Je cherche encore aujourd'hui désespérément à répondre à cette question : pourquoi ai-je pris cette décision ?

Pourquoi ne me suis-je pas tourné vers le choix le plus sensé, c'est-à-dire le n°1 ou le n°2, selon les priorités et envies du moment ?

Plus tard, juste avant les fêtes, j'ai entendu cet argument à la radio, récolté en micro-trottoir auprès de personnes prudentes, que nous n'avons que deux parents, une seule famille, mais que des Noëls, nous en aurons d'autres… Effectivement, le raisonnement tient la route. Mais en considérant que plus nos êtres chers avancent en âge, plus la probabilité de les voir confrontés à des problèmes de santé impromptus augmente, on peut au contraire totalement inverser le discours. Et se dire qu'il vaut mieux vivre ce que nous avons à vivre au moment où nous pouvons le faire, car nous ne savons rien de ce que l'avenir nous réserve. Peut-être alors, sans que nous le sachions, nous apprêtons-nous à vivre notre dernier Noël avec nos proches ?

Éternel débat, finalement, entre la cigale et la fourmi, même si le sujet ne concerne pas ici les comptes en banque.

Nous n'avons plus tout le temps devant nous avec les personnes dites âgées. Et c'est bien aussi le problème avec ce COVID, puisqu'il touche en priorité les plus de 65 ans... Alors que faire ?

De même, je repense à cette phrase que j'ai maintes fois entendue dans la bouche de personnes ulcérées par la présence de retraités dans les files d'attente de la Poste aux heures de pointe : « Ils pourraient venir à un autre moment, quand même ! Ils ont tout leur temps, les vieux... »

Eh bien non, par définition, ils n'ont pas tout leur temps, les vieux...

Le dimanche 25 au soir, j'étais donc en pleine forme.

Le lundi 26, au moment de me lever, puis de rejoindre la gare, j'étais en pleine forme...

J'avalai les 2 h 54 de TGV en pleine forme.

Dans la voiture, avec mes parents, je sentais bien un début de gratouillis dans la gorge, mais je me l'expliquais par le séjour en terrasse la veille au soir par temps pluvieux. Nous avons gardé le masque tous les trois durant le trajet.

Et durant le repas de midi, je me sentis franchement de plus en plus mal...

Il était sans aucun doute déjà trop tard.

Le test que j'effectuai dans l'après-midi rendit sa sentence le soir même : positif.

Je voulus retourner illico sur Paris, mais mes parents m'ordonnèrent de rester me confiner chez eux. C'était la règle... Indiscutable à leurs yeux.

J'obtempérai.

Et la probabilité que je ne sois pas à l'origine de la contamination de mon père est si faible – tant les faits concordent en ce sens – que je balaie d'un indiscutable revers de la main cette hypothèse.

La moustache

Mon père portait la moustache. Depuis ses années post-pubères. Je ne l'ai vu la raser qu'une seule fois, entraînant la désapprobation totale et irrévocable de ma mère. Je ne serai jamais assez reconnaissant envers les soignantes et soignants qui, quotidiennement, dans les différents services où il a séjourné – post-urgences, pneumologie, réanimation, puis retour en pneumologie – l'ont rasé et ont entretenu sa moustache. Ainsi, s'il avait la possibilité de se regarder dans une glace, il se reconnaissait, sa dignité étant totalement respectée. Il est vrai que la blancheur de sa toison, si elle avait été laissée à l'abandon ne serait-ce que trois jours, l'aurait immédiatement transformé en père Noël ou en vieux marin naufragé. Lors de mon ultime et douloureuse visite, je remerciai vivement une aide-soignante de ce soin respectueux apporté à mon père. Elle me répondit que c'était « normal ». Non, ce n'est pas « normal » !

C'est un acte, qui, en maintenant la base de la personne humaine, mérite la plus grande gratitude. Et que dire de tous les soignants (infirmiers, kinés…) qui, alors qu'ils devaient bien être conscients que mon père n'aurait jamais à remplir d'agenda 2021, montraient une conscience professionnelle irréprochable en l'encourageant et l'aidant à vivre au mieux son présent, tout en tentant de lui insuffler l'énergie de croire en un futur. Je trouve qu'il y a matière à réflexion à constater que le réflexe que nous avons d'applaudir comédiens ou musiciens ne possède pas d'équivalent lorsqu'il s'agit de remercier certains actes plus ingrats, mais tout aussi nobles. Je ne suis d'ailleurs pas convaincu que les applaudissements aux balcons du mois d'avril relevaient de cette conscience-là.

De manière générale, je tiens à remercier tout le personnel de l'Hôpital du Scorff à Lorient, urgentistes, médecins, infirmiers et infirmières, aide-soignantes et aide-soignants, internes, standardistes, pour leur humanité, leur professionnalisme, leur bienveillance et leur disponibilité. Je ne sais pas si tous les hôpitaux de France ont un tel niveau d'accueil et de soins, mais je tiens à exprimer toute ma gratitude à ces personnes, notamment celles qui m'ont toujours répondu avec patience, honnêteté et empathie lorsque je prenais des nouvelles quotidiennes à 6 h du matin. Le petit supplément d'âme de cet hôpital vient du fait que les adresses mail ne se terminent ni par .fr, ni par .com, mais par .bzh !

La breizh attitude jusque-là, ça ne s'invente pas !…

J'ai en tout cas la certitude que, désormais, j'irai modestement gonfler les rangs de toutes les manifs pour la défense de l'hôpital et de notre système de santé en général.

Ce respect de la moustache de mon père fut bien le seul point qui me fit sourire durant cette période. Pour le reste, ce ne fut qu'un cauchemar. Je m'adresse ici à tous ceux et celles qui considèrent encore que le COVID-19 ne serait finalement qu'une grippe qui parfois tourne mal. Alors je l'affirme : non, ce n'est pas une grippe ! Cette infection est incompréhensible et révèle des formes très disparates d'un patient à un autre. Rien que dans notre famille, nous avons eu trois facettes bien distinctes :

Ma mère l'a réglé avec trois efferalgans en dix jours sans jamais dépasser 38,3° de fièvre et en toussotant à peine. Moi, j'ai vécu une forme très proche d'une très grosse grippe, effectivement, et mon père a développé une forme très grave avec pneumothorax, intubation, et décès…

J'avais toujours entendu dire que la maladie avait 10 jours après le début des symptômes pour mal tourner. Mon père ayant ressenti ses premiers signes le 30 octobre, je surveillais donc son état avec attention les jours suivants. Il toussait, se plaignait un peu d'être essoufflé parfois, mais finalement rassurait tout le monde en disant que ça allait à peu près. Et objectivement, il ne donnait nullement le sentiment d'incuber une forme grave. Il pouvait s'adonner à ses mots croisés en toute lucidité et participait globalement aux tâches ménagères comme il en avait l'habitude. Dans l'après-midi du 8 novembre, c'est-à-dire au dixième jour, je me sentais soulagé de voir que la situation n'avait pas empiré et qu'il allait donc franchir le cap. Je me souviens avoir échangé avec quelques amis au téléphone ce jour-là, qui me dirent tous qu'ils étaient ravis d'entendre du soulagement dans ma voix. Je déclarai sans aucun doute victoire trop tôt, puisque son état, dans la soirée de ce fameux dixième jour, se dégrada fortement. Subitement, il ne pouvait tout simplement plus s'exprimer. Je crus à un AVC et appelai immédiatement les urgences. L'ambulancier m'expliqua alors que son cerveau manquait sûrement d'air à cause d'une aggravation rapide des effets du COVID. Une aggravation que je qualifierais de sournoise…

Pendant la semaine qui suivit, en post-urgences, son souffle lui manqua de plus en plus. Nous ne pouvions communiquer que par téléphone, COVID oblige, et je percevais bien que les secondes entre deux inspirations s'allongeaient de jour en jour et s'égrenaient au fil d'efforts pulmonaires d'intensité croissante. Il redoutait plus que tout d'aller en réanimation et de devoir être intubé. Sort qui lui fut pourtant réservé à l'aube du 14 novembre après avoir fait un pneumothorax dans la nuit.

On intube pour faire se reposer totalement les poumons. L'air est directement administré de façon artificielle par la trachée. Le patient est donc logiquement mis dans un coma artificiel, car sans cela, il serait impossible d'introduire le respirateur. Revoyez simplement le réflexe de défense qui survient lorsqu'un médecin glisse une petite cuillère dans votre bouche pour examiner une angine et vous comprendrez aisément la logique de la procédure. De façon à mettre les poumons en repos total, on administre alors du curare au patient afin de paralyser ses muscles. Et c'est cette dose de curare et la durée pendant laquelle cette substance sera diffusée qui déterminent la nature et le degré d'éventuelles séquelles. C'est ainsi que des patients sauvés du COVID de cette manière ont par la suite passé de longues semaines de rééducation pour réapprendre à marcher, manger, s'habiller ou même parler correctement... Et parmi ces miraculés, il n'y a pas que des sexa ou septuagénaires...

Durant toute cette semaine précédant son intubation, je sais que le calvaire psychologique de mon père fut insupportable. Vous avez toute votre conscience, vous sentez que vous respirez de moins en moins bien, que l'air vous manque cruellement, et vous savez pertinemment que les médecins ne disposent d'aucun médicament pour vous sortir de là. Vous n'avez plus qu'à croiser les doigts en espérant que votre corps saura lutter tout seul...

Si, par-dessus le marché, vous avez coupé les ponts avec toute forme de spiritualité, alors aucune bouée ne s'offre à vous.

L'intubation ! C'est le terme le plus répandu, celui dont on entend le plus parler, mais le pire consiste bien à connaître... l'extubation !

Celle-ci se pratique à vif, juste après avoir été sorti du coma. Car sans cela, il serait impossible de ressortir le tuyau de votre trachée. Cette opération, ultra douloureuse, invasive et traumatisante, relève, paraît-il... d'un accouchement par la bouche ! Il fallut s'y prendre à plusieurs reprises pour extuber mon père, qui nous raconta par Skype quelques jours plus tard à quel point il avait souffert et vécu l'enfer.

Je crus bel et bien qu'il avait été sorti d'affaire, car ses paramètres étaient satisfaisants. Et puis il contracta une pneumonie par-dessus, qui sonna d'autant plus comme l'alerte fatale qu'il fit savoir qu'il refusait catégoriquement d'être intubé une deuxième fois si cela s'avérait nécessaire. Ce qui voulait dire ce que ça voulait dire… Le traumatisme de l'extubation rendait à ses yeux la mort préférable à un renouvellement de l'expérience.

Pendant dix jours, son état se dégrada lentement, sa respiration devenant de plus en plus difficile alors que sa conscience restait intacte et lui laissait tout le « loisir » d'appréhender avec terreur l'issue qui se profilait.

Alors, définitivement, non, le COVID n'a pas grand-chose à voir avec une grippe ! Je suis singulièrement conforté dans cette idée par le « spectacle » que j'ai pu observer furtivement lors de mes visites en réanimation. Toutes ces personnes maintenues en vie par des machines dignes d'un sous-marin nucléaire. Effectivement, je donne raison au gouvernement lorsqu'il déclare qu'on ne peut pas former des soignants compétents en réanimation en quelques mois. Vu la complexité des machines et des installations, et la fragilité des patients, je veux bien le croire… Et en voyant toute cette technologie, je ne peux que rendre hommage à la plus belle invention que notre esprit hexagonal ait inventée au XXe siècle : l'Assurance Maladie.

Toutes ces personnes… des pères, des grands-pères, des oncles, des amis, des cousins, des voisins – que je conjugue tous ici au masculin, car j'ai effectivement vérifié de façon empirique que les formes graves touchent davantage les hommes – et qui laisseront tous du vide et de la douleur derrière eux si l'issue qui les attend n'est pas celle qu'on leur souhaite. Des patients qui sont des êtres humains, terrassés par une saloperie microscopique. Je revois mon père, venant me chercher à la gare de Lorient le 26 octobre, en pleine forme. Comment un truc pareil peut-il mettre dans un tel état un homme en si peu de temps ? Ce jour-là, je ne me doutais évidemment pas de ce qui allait suivre, mais pourquoi n'ai-je pas entendu une petite voix intérieure m'ordonnant de rebrousser chemin sur-le-champ ?

Je sais qu'il ne passera dorénavant aucune journée sans que j'éprouve au moins une pensée pour mon père. Même si tout cela est récent, cette certitude est déjà fortement ancrée. Tant les images et les sons me sautent à l'esprit, en tout lieu et à toute heure, avec fugacité, violence et impertinence. Et je ne me rassurerai pas avec l'idée que cela est associé aux lieux de mon enfance. Je me fais surprendre n'importe où, pas forcément de façon agréable, et sans lien aucun avec une quelconque considération métaphysique. Alors que je ne tenterai pas de répertorier toutes les semaines, de son vivant, pendant lesquelles, en raison des kilomètres et de nos quotidiens aux préoccupations antagonistes, je n'eus aucune pensée pour lui. Constat cruel qui se situe dans « l'ordre des choses » ? Ou plutôt dans « l'ordre des choses » de notre « modernité » ?

Les balances

Voilà des mois et des mois que l'on entend régulièrement des chiffres, des taux, des statistiques, des décomptes d'hospitalisations, de décès ou de contaminations. Je comprends les logiques, mais la quotidienneté de ce genre d'informations a fini par me distancier du sujet. À la manière d'un lointain et impersonnel tremblement de terre. Cela peut sembler banal de le dire, et ça l'est, mais la confrontation avec le réel fait entrer dans une autre dimension. La différence s'appelle les larmes, tout simplement. Des larmes d'autant plus denses et amères qu'en parfaite connaissance de cause, j'ai décidé de venir voir mes parents. J'ai pesé le pour et le contre, je me suis posé des questions avant de venir, en essayant de mesurer les conséquences éventuelles de telle ou telle option. En somme, j'ai fait ce que l'on appelle « la balance ».

Cette démarche vaut bien évidemment aussi pour la médecine qui établit, pour chaque protocole ou traitement, la somme des bénéfices et des risques. Tout médecin établit donc pour chacune de ses décisions une balance entre le positif et le négatif qu'elle engendrera pour son patient, à court, moyen et long terme. Et on peut bien évidemment se dire aussi que cela concerne en fait toutes les décisions humaines, notamment pour les politiques qui tiennent le gouvernail, qui fonctionnent ainsi depuis maintenant une année.

Ainsi, chaque décision prise se doit d'être pesée, soupesée, balancée entre bénéfice sanitaire et risques ou effets négatifs sociétaux et économiques, c'est-à-dire avec des intérêts et des objectifs divergents, voire contradictoires.

Et il est très difficile, en tant que citoyen, d'admettre des décisions si nous n'en comprenons pas les réelles motivations. En cela, je considère vraiment que toute la communication du gouvernement a été globalement infantilisante depuis le début de la crise. Avec cette impression que les décrets nous tombaient dessus sans réelle cohérence et de façon arbitraire, alors que le levier de la peur était systématiquement actionné, dictée par un mélange d'incompétence, d'incompréhension totale de ce qu'il se passait et d'incapacité à gérer des mesures liberticides tant sur le plan pédagogique que coercitif. Je me garderai ici d'inventorier la somme des incohérences entre les différentes mesures accumulées depuis des mois. Je laisse cela aux humoristes de talent… Et peut-être, après tout, qu'avec beaucoup plus de recul, cela nous paraîtra finalement cohérent. Ou encore moins. Allez savoir.

Pourtant, théoriquement, cela pourrait paraître simple. Le gouvernement n'a cessé de clamer qu'il suivait les directives des experts scientifiques et médicaux. Eh bien tant mieux ! Nous ne sommes pas tous compétents et qualifiés pour analyser ce qu'il se passe et prendre les bonnes mesures pour lutter contre le virus. Alors, faisons confiance aux médecins, aux scientifiques qui, eux, savent…

Pourtant, c'est un euphémisme de dire qu'il y a malaise.

Comme beaucoup, je n'ai fait que constater que le doute n'a cessé de s'exprimer, en particulier sur les réseaux sociaux. L'émergence d'une liberté d'expression jusque-là impossible avant Internet a permis à toute une vague de discours qui vont du scepticisme au complotisme assumé de se diffuser. Pourtant, le doute, à la base, n'est en fait rien d'autre que le signe qu'une démocratie se porte plutôt bien et constitue aussi le revers de la médaille, si je puis dire, d'un système éducatif qui a plutôt bien fait son boulot depuis une trentaine d'années. Les doutes exprimés sont souvent argumentés par de réelles connaissances et une sincère curiosité. En fait, le doute, c'est comme le cholestérol. Il y a le mauvais, qui relève de l'obscurantisme complotiste, et le bon, le nécessaire, qui consiste à s'interroger, demander des explications, chercher à comprendre, et qu'il ne faut absolument pas assimiler au premier.

Les médecins, les chercheurs, les scientifiques n'inspirent plus aujourd'hui le respect sans faille et la confiance absolue dont ils jouissaient encore à la fin du siècle dernier. Et les débats sur les vaccins risquent fort de confirmer ce sentiment. Cette crise aura bel et bien révélé que la défiance vis-à-vis des discours officiels et la tentation de croire des démonstrations sans fondement scientifique réel, mais séduisantes, sont en nette progression. Ce constat n'incite guère à l'optimisme, puisque nous vivons bien une crise du savoir et de la diffusion de ce savoir.

Je suis persuadé que le gouvernement a une grande part de responsabilité dans ce phénomène. En effet, il a préféré prendre des mesures au sécateur plutôt qu'au scalpel, sans faire confiance à la responsabilité des citoyens. J'en veux pour preuve l'obligation du port du masque durant l'été, que j'ai déjà évoquée. Je reste encore convaincu que les conséquences négatives d'un point de vue sociétal sont supérieures aux effets positifs sanitaires. Porté à l'air libre, dans des rues peu fréquentées, le masque relève d'une inutilité, pour ne pas dire d'une absurdité totale. Pourquoi ne pas avoir fait confiance aux citoyens en leur demandant de porter leurs masques dans les lieux clos, et hautement fréquentés, avec une réelle pédagogie en la matière ? Les gens ne sont pas bêtes. Au lieu de ça, les citoyens ont été pris pour des enfants à qui on impose une règle générale qui est comme ça, parce que… c'est comme ça ! Je m'inquiète aussi des conséquences, au-delà des effets négatifs sur les bars et restaurants démontrés durant l'été, des changements culturels opérés dans notre convivialité et nos interactions. Certains diront que nous prenons conscience de nos microbes vis-à-vis des autres et que nous porterons désormais le masque à la moindre infection pour protéger les autres. Je ne suis pas sûr que ce soit une bonne nouvelle, en fait. Nous avons besoin, au contraire, je pense, de faire circuler des virus bénins et de solliciter nos systèmes immunitaires. Je suis plus que circonspect devant une société qui demande aux parents de mettre des surchaussures lorsqu'ils entrent en crèche ou qui interdit les œufs frais dans les cantines scolaires au nom de l'hygiène sanitaire. Attention à l'aseptisation, déjà en œuvre, de notre monde. Personnellement, je ne suis pas hyper fan de la Suisse…

Dans le même ordre d'idée, pourquoi avoir maintenu l'interdiction d'accéder aux jardins publics parisiens en fin de confinement début mai ? …

Les citoyens ont là aussi été pris pour des élèves de l'école primaire.

Plus tard, en début d'hiver, pourquoi ne pas avoir expliqué de façon limpide que la décision, vivement critiquée, de fermer les remontées mécaniques dans les stations de sports d'hiver n'était pas directement liée au virus sur les pistes ? Je comprends largement la frustration des vacanciers et les angoisses des professionnels, mais tout le monde sait parfaitement qu'une station de sports d'hiver qui tourne à plein régime, le soir, s'apparente, pour les jeunes, à « Ibiza on ice », et le système hospitalier a-t-il par ailleurs besoin de voir affluer les bobos des bobos en cette période ? La réponse est évidemment non, et la priorité est alors bien de soulager les soignants. Et en cet hiver 2021, la neige a de surcroît eu la mesquinerie de se montrer plus abondante que lors des dix dernières saisons ! … C'est ballot, comme on dit. Pourtant, avec ces restrictions, n'y a-t-il pas là pour les stations l'occasion de s'adapter à des sports d'hiver sans ski ? Une adaptation que les changements climatiques à venir imposeront tôt ou tard de facto…

Par ailleurs, n'aurait-on pas pu laisser les librairies ouvertes, à raison de quelques clients en même temps, sans qu'elles pussent être approvisionnées en nouveautés puisque l'acheminement des livres depuis les usines de fabrication jusqu'aux librairies, via les grossistes, emploie toute une chaîne de salariés dont les conditions de travail sont, elles, favorables à la propagation du virus ? Ainsi peut-être aurait-on pu permettre aux gens de se procurer des livres, à condition qu'ils aillent chercher dans des stocks « anciens ». Et ce que je dis là est de fait contredit par les faits, puisqu'avec le click&collect, les librairies étaient pour la plupart... ouvertes.

Le monde de la culture n'est pas uniforme et il est difficilement compréhensible de mettre dans le même panier, je pense, en termes de risque de propagation du virus, la visite d'un musée de la tapisserie du bas Moyen Âge à Issoudun avec un concert de rock alternatif où 600 fans pogotent torse nu à l'avant-scène...

La balance entre le positif et le négatif. Entre les bénéfices d'un côté et les risques d'un autre... Avec le sentiment assez fréquent de se retrouver entre la peste et le choléra.

Parfois même face à des conséquences d'ordre strictement sanitaire à long terme, comme les néo-dépressifs, les suicidaires ou les personnes souffrant de maladies cardio-vasculaires qui, par manque d'exercice physique pendant les confinements, voient leur risque d'infarctus ou d'AVC augmenter...

Que dire, aussi et surtout, en regardant plus loin, des conséquences sur la jeunesse ? Quid de tous ces enfants de CP qui ne verront pas le sourire de leur professeur(e) de toute l'année ? Quelles conséquences pour tous les étudiants, confinés, prostrés derrière leurs écrans, au bord de la dépression, privés de leur jeunesse, c'est-à-dire des rencontres et des expériences qui permettent, à cet âge, de remplir des valises de souvenirs collectifs et donc de se construire ? Et quelles conséquences pour les valises de diplômes au rabais qui ne manqueront pas d'être délivrées aux médecins, juristes, chercheurs, artistes, pilotes de ligne, chirurgiens, journalistes, décideurs de demain ? N'a-t-on pas basculé inconsidérément dans le tout-numérique sans en mesurer tous les effets à moyen et long terme, tout en accentuant les inégalités sociales ? De la même façon que je considère toujours qu'on ne peut pas pratiquer le chant collectif avec un masque, je suis convaincu qu'on ne peut pas enseigner collectivement à distance via Internet. Il faut de la présence, du corps, de l'échange, des questions et des réponses in vivo. C'est comme un orchestre d'instruments à vent : non, ça ne peut pas jouer à distance, ou même avec un masque… Et par-dessus le marché, on favorise les addictions aux écrans et on encourage les GAFAS… Quelqu'un a-t-il, en haut lieu, envisagé le basculement de société, d'un point de vue culturel et économique, induit par toutes ces mesures prises à l'emporte-pièce, au nom d'un bénéfice sanitaire immédiat ?

De plus, il ne me semble pas vain de questionner certains mots utilisés, comme « couvre-feu ». Ce terme induit forcément la notion de guerre, ou du moins de rapport de force et de domination. Ce sont bien les Allemands qui l'imposaient à Paris en 1941 et les Israéliens qui l'imposent régulièrement aux Palestiniens dans la bande de Gaza. Alors que ce n'est pas du tout ce que nous sommes censés vivre. Pourquoi ne pas avoir opté pour un vocabulaire plus collaboratif comme « confinement nocturne » ou « coucouche panier après 20 h » ?

Et nous tous, en tant que citoyens, nous interrogeons-nous sur le changement de société qui s'opère sous nos yeux, notamment politiquement, avec tous ces décrets, ordonnances et arrêtés qui mettent dangereusement l'Assemblée nationale au chômage technique ?

A contrario, certains en viennent à porter plainte contre le gouvernement pour sa gestion de la crise au printemps. Je suis très bien placé pour comprendre la douleur de perdre un proche, mais peut-on sincèrement accuser les dirigeants de l'époque d'avoir commis des fautes judiciarisables en confinant les résidents des EHPAD ? Je pense qu'ils ont pris cette décision au mieux qu'ils pouvaient à ce moment-là… Et en portant toute affaire devant les tribunaux, nous-mêmes, ne risquons-nous pas de modifier notre démocratie de façon pernicieuse et de décourager bon nombre de volontés politiques (c'est déjà ce qu'il se passe à l'échelon local) ?

Fallait-il, alors, ne pas prendre toutes ces mesures ? Comment aurait-on pu faire autrement ? Je n'en sais rien… Il aurait sans doute fallu affiner davantage les décisions dans chaque situation de chaque domaine. Afin d'en limiter les effets négatifs à moyen et long terme, et aussi dans le but de les faire accepter à court terme. Car la plupart ont été de fait « acceptées » par la seule crainte des 135 €…

Pour en finir avec ce chapitre, je dirai surtout que toutes les mesures ont eu et ont un point commun : elles sont liberticides.

Le nerf du problème, en fait.

L'angle de vue qui nous saute aux yeux et à la conscience en priorité quand on nous annonce une nouvelle obligation.

C'est sous cet angle qu'ont jailli toutes les critiques vis-à-vis des confinements, des restrictions, du port du masque, des couvre-feux ou, maintenant, des vaccins.

C'est depuis cet angle de vue que j'ai eu moi-même tant de difficultés à accepter de me voir privé de travail, c'est depuis cet angle de vue que j'ai été autant circonspect face à l'attitude que je qualifiais de grégaire de la part de bon nombre de mes concitoyens.

C'est cet angle de vue qui rend, à mon avis, notre monde occidental et a fortiori français si vulnérable devant ce virus.

C'est bien sûr en étant beaucoup plus pédagogue sur cet aspect-là que le gouvernement aurait pu faire mieux comprendre et intégrer certaines de ses décisions.

Car, que cela provienne de la nébuleuse du Rassemblement national, de celle de la France Insoumise ou de citoyens lambda, l'angle de la plainte ou des reproches est toujours le même, quels que soient les sujets liés à la pandémie, y compris la défense de Raoult : celui de la perte de libertés, collectives ou individuelles. Nous sommes ébranlés par ces fissures obligatoires infligées à l'une des valeurs les plus essentielles et constitutives de notre culture. Inscrite sur le fronton de toutes nos mairies ou sur le recto de nos pièces de monnaie d'avant l'euro, nous avons mis plus de deux siècles à la conquérir et la sauvegarder.

Or, lutter contre un virus s'attaquant aux voies respiratoires, très contagieux et potentiellement mortel, dont la propagation est avant tout générée par nos promiscuités, contre lequel nous ne disposons ni de médicament ni de vaccin, implique de facto des mesures liberticides. Et lorsque ces mesures sont censées contrecarrer une maladie aux taux de mortalité et de morbidité objectivement faibles, et sauver la vie de personnes dites essentiellement à risque, ce qui signifie pour certains qu'elles seraient donc protégeables par anticipation, alors cela ne peut que soulever des armées de boucliers et de résistance.

C'est cette perte, ces pertes de libertés qui ont brouillé tous les discours. La perte de la liberté de circuler, de la liberté de consommer, de la liberté de voir ses proches ou ses amis, de la liberté d'aller au cinéma ou au spectacle, de la liberté de faire du sport, de la liberté de se soigner comme on veut, de la liberté entravée pour certaines professions d'exercer, de la liberté d'étudier, de faire la fête, et maintenant de la liberté de se voir inoculer ou non un vaccin. C'est dans notre ADN culturel. C'est aussi, d'un autre point de vue, la marque d'un certain égoïsme et d'un réel individualisme.

Alors, aussi, pourquoi ne pas profiter de cette période pour bien prendre conscience de la chance que nous avions de jouir de toutes ces libertés dans le « monde d'avant » afin de poser des jalons plus solides pour « celui d'après » ?

Ainsi, ce totem de la liberté a été et reste la pierre angulaire de toutes les critiques et toutes les doléances. Il est d'ailleurs intéressant de constater que le gouvernement s'est bien gardé, malgré les règles de distanciation sociale, de s'attaquer à la liberté de manifester...

Mais force est de constater que certains pays asiatiques, tels que le Vietnam, Taïwan ou la Chine, semblent avoir résolu le problème. Et certains en viennent à qualifier notre gouvernement de criminel pour ne pas avoir appliqué les mêmes mesures ici. Encore un sens aiguisé de la mesure chez ces gens-là...

Je pense que ce virus, même s'il est universel d'un point de vue biologique, révèle surtout que notre humanité est avant tout construite sur des différences culturelles. Peut-on réellement comparer le rapport à la liberté entre un pays comme la France et la plupart des pays asiatiques dans lesquels la notion même d'individu reste un concept flou ?

Peut-on comparer la France avec des pays où les idées mêmes de SMIC ou de congés payés restent aussi limpides qu'un brouillard givrant sur la Sologne ? Les Français seraient-ils capables de rester confinés chez eux H24 en acceptant d'être rationnés alimentairement par l'armée, réquisitionnée à cet effet ? La première critique à l'encontre du confinement fut, à raison, que celui-ci exacerbait les inégalités sociales. Ce n'est effectivement pas tout à fait la même chose d'être confiné dans une maison avec jardin dans le Lubéron ou à 6 dans un 45 m^2 à Bobigny... Je ne suis pas certain que ces critiques, qui relèvent de la... liberté d'expression, aient pu voir le jour dans la majeure partie des pays d'Asie. À ce sujet, le philosophe André Comte-Sponville, qui s'est beaucoup exprimé pendant toute cette période, a moult fois déclaré qu'il préférait « mourir du COVID dans un pays libre qu'en être protégé dans une dictature ». Je ne peux que lui donner raison.

Et les pays asiatiques ont, bien avant l'Europe, assimilé les nouvelles technologies dans leur vie quotidienne. Ce qui leur a permis de mettre en place des applications très suivies par les populations. Je ne suis pas persuadé que les seniors de la Mayenne, de la Creuse ou de Haute-Loire soient dotés du même matériel et des mêmes compétences…

Vu la nouveauté et l'ampleur de la crise, je reste convaincu que l'analyse de la situation dans chaque pays se doit de prendre en compte des données à la fois géographiques, démographiques, climatiques, culturelles, politiques et historiques que peu de gens ont les réelles compétences de faire en profondeur.

Au bout du compte, je pense que cette crise nous a mis face à une question à la fois simple et terrifiante :

À quelles parts de libertés individuelles et collectives sommes-nous prêts à renoncer momentanément, et il est important de préciser ce terme, pour sauver des vies biologiques ?

Le professeur Jérôme Lejeune a dit que la qualité d'une civilisation se mesure au respect qu'elle porte aux plus faibles de ses membres.

Ce serait merveilleux si nous avions la certitude que c'est bien cette considération qui a prévalu pour dicter tous les choix politiques inhérents à cette crise, mais de façon plus générale, il faudrait peut-être demander leur avis sur la question à toutes les associations et à tous les militants qui luttent contre la pauvreté depuis des décennies…

Et il n'est pas non plus hors sujet de s'interroger sur la soudaine priorité absolue accordée au sauvetage de vies biologiques alors que le seul maintien de l'autorisation du tabac depuis si longtemps sur toute la planète démontre à lui seul que la préservation des vies biologiques n'est pas forcément la priorité des priorités chez les gouvernants. L'explication ne serait-elle pas à trouver dans le fait que c'est l'engorgement soudain de systèmes hospitaliers que les politiques libérales ont malmenés depuis trop d'années qui fait frémir ces dirigeants, craintifs à l'idée de devoir un jour répondre de leur gestion de la pandémie devant la loi ? Peut-être. Mais pas que !… Quand bien même aucun lit de réanimation n'aurait été supprimé depuis vingt ans, sans aucun confinement, les spécialistes s'accordent à dire que ce sont 300 000 personnes qui auraient frappé aux portes des urgences. C'est-à-dire, une submersion de nos hôpitaux.

À chaque objection survient un « oui, mais », en fait. Que tout cela est vraiment complexe ! Tellement complexe que tous les pays ont brûlé, à un moment ou à un autre, une part de leurs ailes.

Je l'ai déjà évoqué plus haut, mais je m'inquiète aussi de la montée de la pensée binaire. Cette crise est particulièrement clivante, avec des prises de position très tranchées sur ses différents aspects. Je pense au contraire que nous devons veiller à garder le plus de discernement possible et ne pas céder à la tentation du Tout-Noir Tout-Blanc. Oui, Raoult était dans le vrai quand il a lancé dès le mois d'avril sa large campagne de dépistage à Marseille et, oui, son utilisation de la chloroquine est plus que condamnable. Oui, les masques sont indispensables dans certaines situations, et ridicules dans d'autres. Oui, on a le droit d'avoir des doutes sur les vaccins, mais non, il n'y a pas de complot planétaire ou néo-libéral pour nous faire avaler des couleuvres. D'ailleurs, comment des dirigeants néo-libéraux pourraient-ils avoir organisé ou même se gargariseraient-ils une seule seconde d'une crise qui a détruit 255 millions d'emplois en moins d'un an sur la planète ? Cela relève totalement de l'absurde.

Et non, non plus, émettre des critiques envers le pouvoir en place ne relève pas du complotisme. Oui, le gouvernement a commis beaucoup d'erreurs et d'approximations, mais non, il n'est pas criminel. Etc., etc.

Un peu de mesure aurait fait et ferait encore tellement de bien.

J'aimerais me téléporter dans le futur et voir comment les scientifiques, historiens et politiciens d'alors analyseront notre époque, dont on peut déjà dire sans risque d'erreur qu'elle restera historique.

Finalement, je pense sincèrement que si le Diable avait voulu déstabiliser nos sociétés, je ne vois pas comment il aurait pu s'y prendre autrement, avec un virus inconnu qui contamine bon nombre de gens par l'air, en leur laissant la grâce sournoise d'être asymptomatiques (mais contagieux), rendant sa détection très compliquée, et ayant la cruauté de distribuer des agonies suffisamment longues aux victimes les plus touchées afin d'affaiblir les systèmes de santé et épuiser les soignants.

Quoi qu'il en soit, je suis à ce jour convaincu que, quand bien même des vaccins résoudraient la crise de ce COVID-ci –ce que je souhaite le plus ardemment – si nous n'abordons pas de façon consciente les grandes questions de notre rapport à la liberté, à la vie biologique, à la mort, à la vieillesse aussi, à notre modeste place d'êtres humains tout simplement, alors nous nous prendrons de plein fouet les prochaines crises. Qu'elles soient générées par des virus, des bactéries, des pollutions, un réchauffement brutal, des insectes mutants dévorant toutes nos récoltes ou des accidents nucléaires…

Et si ?

Il est toujours totalement vain de vouloir revenir en arrière. Ce qui est fait est fait. C'est ainsi. C'est comme ça. Ce qui existe est. On peut toujours ressasser et retriturer le passé, cela ne fait que créer une dépense inutile d'énergie et alourdit encore et encore le fardeau de la culpabilité. Sans tomber dans un fatalisme facile et dangereux, je tiens à dire que je suis convaincu depuis longtemps déjà par le fait que TOUTES les décisions que nous prenons sont les bonnes au moment où nous les prenons. Nous agissons toujours au mieux de ce que nous pouvons, avec toutes les données dont nous disposons à ce moment-là, avec l'énergie que nous avons à cet instant T-là. Et il ne sert à rien, à T+1, T+30 ou T+600, de regretter la décision que nous avons prise à T, car c'était la meilleure possible à CE moment-là. J'ai décidé d'aller voir mes parents à ce moment-là, car à ce moment-là, j'étais convaincu que c'était la meilleure chose que j'avais à faire.

La contingence nous donne le tournis dès que nous commençons à y réfléchir : tout ce qui existe aurait fort bien pu ne jamais exister, et nous ne savons bien évidemment rien de ce qui aurait pu exister et qui n'existe pas...

D'autant que cette fin tragique me fournit, maigre consolation, quelques échanges avec mon père que je n'aurais sûrement pas vécus s'il était décédé de façon brutale. La considération peut paraître ô combien égoïste, en regard de ses souffrances, mais je sais que cela m'apaisera sur le long terme d'avoir pu lui dire certaines choses – et en entendre aussi de sa part quand il pouvait encore parler – que l'on n'ose évoquer ou appréhender lorsque la vie suit son cours.

Ce qui est fait est fait, effectivement, mais la question qui restera sans aucun doute à jamais sans réponse est bien celle de savoir pourquoi j'ai agi ainsi, pourquoi j'ai pris cette décision-là. Pourquoi ?

Pourquoi, alors que j'avais pleine conscience des risques que je prenais, de la probabilité réelle qu'un drame puisse survenir, j'ai quand même pris la décision de venir ? En fouillant un peu dans ma conscience, sans vouloir me dédouaner de mes responsabilités, je pense que mes fanfaronnades du début de crise confrontées à l'infantilisation permanente de la part du gouvernement m'ont insidieusement conduit à « braver » le danger, à m'octroyer un vague sentiment de liberté, de « désobéissance », qui s'est bien évidemment retourné contre moi.

De façon primaire, puisqu'on me prend pour un môme, eh bien je vais me comporter en môme jusqu'au bout. Elle est là, ma faute.

Non, je ne dirai pas que c'est à cause du gouvernement que j'ai pris ma décision, c'est bien moi et moi seul le responsable, mais je reste convaincu qu'une attitude visant davantage à une responsabilisation citoyenne m'aurait peut-être – je dis bien peut-être – conduit à un autre comportement.

Encore une fois, je ne cherche pas à expliquer ma décision uniquement sous cet angle, mais je me dis que si un vrai ras-le-bol venait à s'installer collectivement vis-à-vis de mesures sanitaires jugées incohérentes ou simplement incomprises, alors il n'est pas exclu que survienne un véritable mouvement insurrectionnel dont les conséquences sanitaires pourraient s'avérer réellement catastrophiques.

Et maintenant, surtout, cette question doit se tourner vers l'avenir : que ferais-je dorénavant si une situation similaire se représentait ? Que ce soit vis-à-vis de ma mère ou de quelqu'un d'autre, quelle sera mon attitude, avec ce que je sais aujourd'hui, encore davantage, des risques encourus ?

J'ai beau réfléchir et tordre la question dans tous les sens, je suis incapable de trancher franchement, en fait. Car je réalise que l'incertitude, au cas par cas, de chaque situation, l'emporte sur les certitudes. Je sais des choses, oui. Tout du moins, je connais certaines probabilités qu'un scénario catastrophe se produise, je pense avoir pas mal réfléchi à la question, mais cela ne suffit pas à me rendre catégorique. À pouvoir affirmer avec force et conviction inébranlable que je me comporterai différemment. Que le principe de précaution prévaudra à coup sûr. Ce sera très certainement du cas par cas, en pesant le bénéfice et le risque de telle ou telle attitude en fonction des paramètres humains et affectifs en jeu.

Il me revient immanquablement ce chef-d'œuvre d'Alain Resnais, *Smoking/No smoking*, à jamais dans le panthéon de ma cinémathèque personnelle. Chacune de nos actions, chacune de nos décisions, aura des conséquences irrémédiables sur nos vies. Chaque porte que nous ouvrons ou que nous renonçons à ouvrir influera, d'une façon ou d'une autre, nos lendemains. Et bien évidemment, seule l'intuition, seuls des pronostics plus ou moins aléatoires, des ressentis forcément subjectifs et peut-être trompeurs nous font office de lanterne au moment de décider. Mais quand il s'agit de vie ou de mort, peut-on encore laisser la moindre place aux incertitudes ?

Et la question retourne, en boucle, à la case départ...

Et enfin, puis-je surtout qualifier mon acte de faute, alors que jamais je ne pourrai convoquer le moindre pardon ? ...

Je n'ai pas fini d'y penser, c'est une évidence, et ce n'est pas l'écriture de cette cinquantaine de pages qui me prémunira des regrets ET des remords, puisque j'hérite des deux dans ma besace.

Outre le travail de deuil inhérent à chaque décès d'un proche, je suis obnubilé par cette question de responsabilité et de « faute » commise, ayant entraîné la mort de mon père.

Et c'est bien cette obsession qui m'a dans un premier temps guidé pour intituler ce texte *La faute*, mais les lignes en amont expliquent pourquoi je m'en suis abstenu.

Pourquoi pas alors *Le choix* ou *L'imprudence* ? Cette dernière possibilité me plaît bien, car elle renvoie au principe de précaution. C'est bien ce principe qui prévaut dans les décisions politiques – qu'elles relèvent du domaine sanitaire ou écologique – ainsi que les injonctions à nous comporter de façon citoyenne… Et c'est bien lui qui a commandé et commande encore la gestion de cette crise (confinements, chloroquine, vaccins, restrictions, masques…).

Mais à bien y réfléchir, le terme n'est pas assez fort. Nous sommes après tout tellement imprudents pour mille petites actions du quotidien, banales, et c'est, de mon point de vue, très bien ainsi.

Alors je reviens sur la notion de choix, et dans ce cas, je ne vois pas d'autre idée que *Le dilemme*, qui exprime bel et bien le paroxysme du choix.

Je ne peux passer sous silence, avant de terminer, que malgré ma concentration à rédiger ces pages, une image ne me lâche pas : celle de la date gravée sur le cercueil de mon père : 1941. Son année de naissance. Une date qui, associée au fait qu'il perdit son propre père très très jeune, résonne tout d'un coup en moi pour expliquer des attitudes, des comportements et des décisions que je jugeai négativement de façon péremptoire toute ma vie. Mais il est tristement trop tard pour en parler…

Chaque nuit, quelle que soit l'heure du coucher ou celle programmée pour démarrer la journée du lendemain, je me réveille brusquement. Ne me vient alors qu'un seul mot à la bouche : « Papa… »

24 janvier 2021

La douleur	9
Le fanfaron	13
La conscience du danger	20
Le dilemme	22
La moustache	27
Les balances	33
Et si ?	45

Dans la collection Nouvelles Pages

Cent papiers Sans pieds – Tiffany Ducloy

La voltigeuse de Constantinople – Laurent Dencausse

Le bal des vampires – Sébastien Thiboumery

Un aigle dans la ville – Damien Granotier

La tueuse de Manhattan – Pierre Vaude

Le Revenu Universel, Perpétuel et Éphémère – Didier Curel

Voyage au cœur des hémisphères – Dimitri Pilon

Rose Meredith – Denis Morin

Evuit – Jean-Hughes Chevy

Dripping sur tatami – Hector Luis Marino

Après elle – Amy Lorens

Marcher à contre essence – Oriane de Virseen

Tuée sur la bonne voie – Erell Buhez

Découvrez les autres collections de JDH Éditions

Magnitudes

Drôles de pages

Uppercut

Versus

Les collectifs de JDH Éditions

Case Blanche

Hippocrate & Co

My Feel Good

Romance Addict

F-Files

Black-Files

Les Atemporels

Quadrato

Baraka

Les Pros de l'Éco

L'Édredon

La revue littéraire de JDH Éditions

Venez découvrir les textes de la revue

**Textes et articles dans un rubriquage varié
(chroniques, billets d'humeur, cinéma, poésie…)**

Suivez **JDH Éditions** sur les réseaux sociaux
pour en savoir plus sur les auteurs,
les nouveautés, les projets…

Inscrivez-vous à notre Newsletter sur
www.jdheditions.fr
Pour recevoir l'actualité de nos nouvelles
parutions